AF292884

36. Recklinghäuser Literaturnacht der

Autoren und Autorennen

Literaturnacht 2023

36. Recklinghäuser Literaturnacht
4. November 2023

36. Recklinghäuser Literaturnacht der Autoren und Autorinnen 2023 (vormals »Autorennacht«)
Herausgeber: NLGR e. V. - Neue Literarische Gesellschaft Recklinghausen e. V.
www.nlgr.de

© 2023 der vorliegenden Ausgabe: NLGR e. V.
© 2023 Die Rechte der Texte liegen bei den jeweiligen Autorinnen und Autoren.
Alle Rechte vorbehalten.

Satz und Umschlag: Ralf Kropla
Umschlagbild: Ilse Hilpert
Herstellung und Verlag: BoD - Books on Demand, Norderstedt

ISBN 978 3 757 82800 4
Auch als E-Book erhältlich

Autorinnen- und Autorenwettbewerb

der Neuen Literarischen

Gesellschaft Recklinghausen e. V.

Texte der Endrunde

Die 36. Recklinghäuser Literaturnacht

Liebe Leserin, lieber Leser,

hiermit halten Sie die Beiträge in Händen, die es beim Schreibwettbewerb zur 36. Vestischen Literatur-Eule, dem «Literaturnacht-Preis der Sparkasse Vest Recklinghausen» 2023 in die Endrunde geschafft haben. Wir gratulieren an dieser Stelle schon einmal sehr herzlich zu diesem Erfolg!
 In diesem Jahr war der Wettbewerb erneut für Autorinnen und Autoren aus dem Bundesland Nordrhein-Westfalen geöffnet.

Zum Zeitpunkt der Drucklegung dieses Textbandes standen nur diejenigen Kurzgeschichten und Gedichte fest, die für die Abschlussveranstaltung ausgewählt wurden, nicht aber, welche Autorin bzw.

welcher Autor am Ende den Jurypreis, den »Literaturnacht-Preis der Sparkasse Vest«, erhalten wird.

Wir möchten folgenden Personen und Institutionen ganz herzlich für ihre Arbeit und Unterstützung danken:

- den Jurymitgliedern der 36. Recklinghäuser Literaturnacht: *Joachim Feldmann, Gudrun Güth* (als Vorsitzende), *Silke Holtbrügge, Monika Wischnowski* und *Dea Šinik* (als Siegerin des Vorjahres),
- der Sparkasse Vest Recklinghausen für ihre finanzielle Unterstützung,
- *Ilse Hilpert* für die Eulen-Skulptur,
- allen Mitwirkenden der Neuen Literarischen Gesellschaft Recklinghausen und der Altstadtschmiede Recklinghausen für ihren organisatorischen Einsatz
- und nicht zuletzt den Autorinnen und Autoren, die ihre Texte eingereicht haben und somit die Literaturnacht überhaupt erst möglich machen!
-

Herzliche Grüße,

Stephan Schröder (Vorsitzender der NLGR)

Die Texte der

36. Recklinghäuser

Literaturnacht 2023

Anna Arning

Engelhaar

Marie stand vor dem Spiegel und suchte. Sie betrachtete sich von links und rechts, neigte den Kopf und hob das Haar. Sie suchte gründlich. Wollte endlich finden, was sich dort verbarg. Marie suchte Berge. Zwar wusste sie nicht recht, was für Berge und wie sie aussehen würden, aber da die Mutter so oft davon sprach, musste es sie geben. Marie suchte die Berge irgendwo bei ihren Haaren. Dort, wo auch die Widergespenster wohnten, die ihr Nacht für Nacht den Kopf zerzausten.

Wäre sie nicht so entschlossen gewesen, Marie hätte später ihr Haar tragen können, wie die Mutter es sich gewünscht hatte. Lang und golden glänzend. Oder geflochten zu einem Kranz mit Schleifen darin. Blauen und weißen Glitzerschleifen, wie die am Baum. Sie hätte nicht so seltsam ausgesehen in ihrem Rüschenkleidchen, und alle hätten gestaunt. Was für ein süßer Engel, deine Kleine, wirklich hübsch habt ihr's hier. Aber Marie gab nicht auf, und so blickten die Gäste beim Hereinkommen verlegen an ihr vorbei, und lobten stattdessen den reich gedeckten Tisch. Die Spitzendeckchen und Sternenteller und die Kerzen, von gläsernen Engeln gehalten. Mit lockigem Haar.

Zuerst wollte Marie bloß herausfinden, was mit ihren Haaren nicht stimmte. Sie stellte sich vor den Spiegel und schob ihren Kopf ganz nah heran, um deutlich sehen zu können. Großaufnahme. Sie stupste sich die Nase und musste lachen. Nase an Nase mit sich selbst, fratzte ihr ein kichernder Mund entgegen und benebelte die Sicht. Bäh, streckten sich die Zungen aus, keine Berge, nirgendwo, bäh, bäh, bäh. Marie lachte und giggelte und gluckste sich zu, bis die Mutter rief, sie solle keinen Unfug machen.

Nein, keinen Unfug. Marie würde brav sein. Ein feines Mädchen. Schließlich war jetzt alles so schön aufgeräumt. Es war sauber und feierlich, und schon morgens gab es diese Musik, die sie aus den Kaufhäusern kannte. Mit Glockenklang und hellen Stimmen und feierlichem Trompetenton. Marie glaubte, dass die Musik von den Engeln gemacht wurde, denn alle hatten sie Trompeten in der Hand und Glöckchen um sich herum. Auch auf der blanken Fensterbank reihten sich kleine Engel. Die Fenster gingen zur Straße und waren abends beleuchtet. Oben gab es keine Engel, nur feine weiße Gardinen. Anfangs schob Marie sie ein paar Mal zur Seite, um dem Jungen von gegenüber zu winken, aber Mutter wollte nicht, dass die von drüben mitten in das Zimmer starren. Auf die vielen Kartons mit all den Sachen.
»Erst machen wir Ordnung.«, sagte sie.
Der Besuch sollte am Nachmittag kommen.

»Zum Kennenlernen.«, sagte der neue Mann, der Olli hieß. Bis dahin sollte Marie oben im Zimmer bleiben. Lieber hätte sie geholfen, beim Tischdecken und Baum schmücken. Es gab kleine Figuren aus Glas und Kugeln, die silbrig schimmerten. Aber die Mutter hatte gesagt, das sei alles sehr teuer und sie solle besser gar nichts anfassen. So hatte Marie eine Weile still in der Tür gestanden und zugesehen, wie sie den Wohnraum mit Glanz bestückten.

»Kind, du stehst im Weg«, hatte der Mann gesagt und sie beiseite geschoben. Schließlich schickte die Mutter sie hinauf.

»Du hast doch jetzt das Zimmer«, sagte sie, und dass sie sich die widerspenstigen Haare kämmen solle. »Sie stehen schon wieder zu Berge.«

Nein, Marie wollte wirklich keinen Unfug machen. Nicht an einem solchen Tag.

»Der erste Eindruck zählt.«, hatte die Mutter gesagt. Also hörte Marie auf zu kichern und begann wieder zu suchen.

Da muss etwas sein, dachte sie und nahm die Bürste. Ordnung machen. Eine Strähne nach der anderen hob Marie empor und lugte gespannt darunter. Aber sie fand nur immer mehr Haare. Rot-blonde Büschel, die sie mit Mühe glattzog. Es zwickte und ziepte wie immer, wenn die Widergespenster aktiv waren. Die in den Bergen hausten. Und ihr die Tränen in die Augen trieben. Ob sie verschwinden würden, wenn es keine Berge mehr gab? Das war wahrscheinlich, fand Marie, denn wenn man nicht erwünscht war, musste man eben gehen. Ausziehen. Wegziehen. Und, wenn die Berge samt den Widergespenstern erst ver-schwunden wären, würde die Mutter nicht mehr an ihrem Kopf herumzerren, und Maries Haar wäre ohne Heulerei so fein und glatt, wie die Mutter es gern hatte. Ich muss tiefer suchen, dachte Marie. Ich muss finden, was darunter ist. Unter all den Büscheln. Da, wo das Weiße schimmert.

Alles war rechtzeitig vorbereitet. Der Baumschmuck in Silber und Glas, abgestimmt auf die Tischgarnitur.

In der Vitrine, von kleinen Lichtern umrahmt, war feines Porzellan dekoriert, und auf dem Sideboard hatte die Mutter Marie zuliebe dann doch noch die Pyramide mit den kleinen Holzfiguren aufgestellt. »Der alte Kram«, sagte der Mann und Mutter stimmte zu. Hier gab es so viel Edleres. Glas, Silber, Spitze. Nicht das ewige Rot und Grün. Sogar silberfarbene Baumkerzen hatte die Mutter nach langem Suchen gefunden, und darüber waren die Gäste später besonders entzückt. Vielleicht aber suchten alle auch nur irgendein Thema, um nicht gleich nach Marie zu fragen und warum sie bloß ihr hübsches Haar ...

Schließlich hatte Marie aufgespürt, was sie suchte: Tief unter den wirren Haaren wölbte es sich, und wenn man die Büschel anhob und leicht daran zog, konnte sie sehen, wie das Weiße sich buckelte. Schneeberge, dachte Marie, da sind sie ja. Und ließ die Haare los, um zu prüfen, ob sie stehen, zu Berge stehen. Aber die Haare fielen kraus herab auf ihre kleine Schulter. Sie schüttelte heftig den Kopf, beugte sich vornüber, strubbelte mit den Händen hindurch und blickte wieder auf in den Spiegel. Verworrene Berge zwischen den Haaren. Und sie wühlte und wühlte, um noch mehr davon zu finden, mehr von den weißen und mehr von den haarigen Bergen. Sie wollte sie alle, alle wollte sie hervorholen, die Widergespenster locken, die dort hausten und alles durcheinander brachten, die zerrten und zausten, sodass die Mutter schimpfen musste und streiten mit dem Vater und nicht unter meinem Dach und schreien und ausziehen und umziehen und glattziehen und alles neu machen in Silber und Weiß.

Es knisterte auf ihrem Kopf, sie fühlte die Berge wachsen, die Gespenster zwacken. Natürlich wollen sie nicht, wollen sich nicht sehen lassen, aber sie, Marie, wird es ihnen zeigen. Unholde im Kopf. Raus aus ihren Haaren, über alle Berge, verschwinden, vertreiben, Kartons vor dem Haus und Möbelwagen und Nimmerwiedersehen, und wag es nicht, die Kleine geht mit mir. Und sie grub ihre Hände tiefer hinein, wühlte und knetete und riss, bis Tränen kamen. Dann plötzlich, ganz verschwommen entdeckte sie eins, das sich frech um ihren Finger schlang und mit einem kräftigen Ruck riss sie es aus. Wütender Schmerz zuckte, und jetzt kamen sie alle hervor, sie kringelten und drehten sich, rollten die Berge auf und ab, schlugen um sich, hakten sich unter und hörten nicht auf zu beißen.

Doch Marie packte sie, packte sie büschelweise und schrie und warf sie zu Boden. Wo sie feurige Haufen bildeten, ein haariges Gebirge, weit ab von ihrem Kopf.

»Ach ja, Marie«, sagte die Mutter später bei Tisch und lächelte fremd in die Runde.

»Sie trägt das Haar jetzt kurz. So praktisch.«

Die Gäste nickten und auch der Mann. Er füllte die Gläser und stieß an mit der Mutter, tätschelte Marie. Froh und willkommen und endlich zusammen, unter einem Dach und sogar ein Zimmer für die Kleine. Und die Mutter sah weg, als Marie scheu ihre brennenden Berge betastete. »Die wachsen wieder«, sagten die Leute, und nur Marie wusste, dass sie für immer unbewohnt waren.

Alfons Huckebrink

ortsdurchfahrt

eingang ausgang kreisverkehr:
moaltiet eure kreissparkasse
plattdeutsches willkommen
dazwischen lautlos kirchenstille
friedhofsstille branntweindestille
na gut nur mut und sehr gut
angenommen schon vor ort
bürostunden
der deutschen dusch- und rheumaliga
gut angekommen auch die zugelaufenen
ins hier und jetzt reichts uns aber
miss gunst der allerletzten stunde
abgeschlagen ins boot
aus dem ruder gelaufen
überlaufene zukunft
schrei sofort maßnahmen!
die kunst der wunderheilung jault:
brennnesseltees
kommuniqués
autodafés
pappmachés
obergrenzwertiges
hier bleibt kein buntverweintes auge
trocken in tüchern feudeln
die ein feld beleichen
bleiben den ortsverwandten nicht erspart

feldhüters rechnung begleichen
bin ladenhüter und nicht bruderhüter
am rausverkaufsoffenen sonntag
einen warenkorb geholt
am nordplusultra mit gutella
mit hildegard von bingen zu singen
muss es gelingen
stinkefinger winkefinger
lohfarben voller feuereifer
bei dieser ur- und herzenssache
ortsverwundet
achtung fertiglos und wieder
weggehext im brandumdrehn
ja hastdunix eingesehn
ein freudenfeuer
braucht keinen brandentschleuniger
feuer frei sein high sein
mit gedenkschmerzen dabei sein
berauschend vouchers tauschend
lenkdrachen kreißend in reih und mitglied
am blühstreifen entstellten horizont
aus jauchegruben auferstanden
aufjauchzend darunter ortsüblich
die defilier- und auflaufmärsche am gedenkstein
beider obst- wie weltenbrände
und auch an sedan 71 beim selfie
bleibt der mensch doch selbst los
menschelnd ortsgebunden zwar
doch scharf wie harry bo am schießstand
die platzenden blasen aus backstein gesinnung
hier mit brownings mit brownies
übergelaufen zur trotzession
unter traufen raufend den baldachlawinen
abgehalfert unter dem bammelmond
unter den ersten
der fünfe gerade sein prasser
der viere von sich strecker
der sieben auf einstreicher

alle guten dinge singe
dutzendweis im zehnerpack der monokulturen
der radikalkuren am abgestammten orte
die hammelbeine langgezogen
trommelnd nur stur zum ureigenen gebrauch
zu nutz und frommen hochgestimmt
wie weiland schleppsäbelnd funkenstiebend
auf dem neurosenbeet des freizeitparks
urungemütliche wandalen gürtelrosen verpflanzend
die babyboomer aus dem zoogehege heulen
trotz und krasser
krächzen das lied vom notwehrstand
mit leid vom brotleerstand
augen zu und durch
ein trittfest und ich und du
soll dein schaden nicht sein
hand in hand
gar alles nur spiel
zeugkiste stille postenkette
ortsüblich harmlos verspielt
mit platzansager mit ortsvorsteherin
mit platzda! hirschfänger
aus dem ortsverband aus dem gesellenverein
richtig verstanden und so gesehen ein spaß
alles nur spaßgesellschaft
ohne pass kein spaß
sicher sind nur die herkunftsländer
spaßeshalber
ins benehmen setzen
ins gebet nehmen denn
sicher mitunter das atmen in der kirche
den sakralbau im dorf lassen
das kurze glück für treunuchen
brosamen vom hundekuchen
rucksackt holzkohle ein hier
wird kamelbetreibern eingeheizt
die hartgesottenen den weichgekochten
weg von hier von der wärme

der bratwurststände
glutkunst der grill- und grölmeister
gut im futter blut geschleckt
geplatzte ortswechsel verpatzte laufwege
gelegentlich saufgelage alles nur suffgelaber
shitstorms flashmobs am busbahnhof
ortstermin mit landtagsabgeordneter
mit zukunftswerkstatt
unser dorf soll döner werden?
gewöhnungsbedürftig
da wird hammer identität gehobelt
fallen zähne schreien hähne versinken kähne
ortsüblich kübelweise häme über schwäne
in deutschen schwimm- und trimmanstalten
aus tränensäcken rinnt es herzerweichend
mehr krokodil viel koksodil kräht das kindliche
gemüt verfrüht
zum wischiwaschi der gefühle
alles ein aufwasch
im bodensatz kalter kaffee finale weisheit
sauer auf und abgestoßen aber
sauber geblieben allzeit
perfekt korrekt gebongt
bei den großen umzügen in reih und glied
gleichermaßen gleich gefaltet zum handlichen
format
zum platzdeckchen darauf laugenbrezel
informal dehyd
gestauchte stutenkerle sture landbeschäler
apfelesser legen hand an fuß läufige färsen
kippen sich's hinter die bindungsschwäche
schaumweinmund prustet wahrheit rund
tut ursach kurz mit wirkung verwechseln
wo lachzwang zwickt
im großzelt zum goldenen oktober
fleh und stehvermögen
leberkäs dampfend mampfend stampfend
humpenlumpen saiten klampfend

zum klebkuchenherz
für ein bisschen dirndl enger schnallen
ein wiedersehen in der heimat mit abstand
in der hei hei heimat heidewitzka herr kapp
mit anstand im unterstand
gelackmeierte im frack
aus sack und asche gekrochene
standgas der vierschröter und doppelhopper
lastminute verbucher herzensguter nikolaus
verteile tüten im schlauruckverfahren stell die esel
an den pranger lass wieder sechse gerade sein
und sieben sieben sieben ein verb
wie handverlesene wesen kein gewese
einen teufel werden sie tun
ei der daus und raus
und hol's der kuckuck
aus dem festnest und reden
dass es eine art isst
was auf den tisch kommt ist einerseits
immer auch ran an den speck ihr mäuse
und was weg muss muss weg
wird gegessen
im reimweg reinen tisch machen
deck dich duck dich fuck you
knüppel aus dem sack
geh mir nicht untersteh dich nicht
putzmunteres völkchen im vorort
mit vorhaut rein
sauber geblieben ist nicht rein
rein gar nichts
hat man begriffen
verortet im sportverein
vernetzt verdrahtet
lippenbekenntnisse
rippenmuster flickenschuster
in gier und hetz
zur unzeit am richtigen ort
vom ortszuschlag gar nicht zu reden

vom vorhammer auf den vordermann
hammerschlaglackierte gewohnheitstäter
scheibenschießen im quadrat
trägheit des gemüts
frohsinn des gestüts
ebiker vor dem herrn
ortsbegehungen
mit spritzschutz mit windbreaker
laminierte vermisstenanzeigen
an laternenmasten baumelnd
katze vogel hamster
kein hundeelend
hofhunde kehren zurück
hausschweine ohne chance
wer hat …? wer kann …?
wer will kann mich mal
irgendwo hinbeten
schulterblick nicht vergessen
wer will noch mal?
schulterblick mensch
sachdienliche hinweise
ans morgentelefon
an die nächstgelegene einlasskontrolle
im windfang als wildfang ein blickfang
fangquoten im blickfeld
ein auge haben zur augenweide
der schnitzeljäger der brauchtumsentwickler
saugut die saatgutveredler
edel sei der mensch
unverwechselbar
insekten infekte infarkte
die augen rechts
und links kann man
hilfreich und gut getarnt
von nichts kommt nichts bleibt nichts
bleibt uns gar nichts anderes übrig
sich gehen zu lassen
ausgangssperre

in diesen zeiten
der auslaufmodelle und ablaufdaten
denken mit denkzetteln
aus dem abreißkalender
sammelt bügelhilfen
tolle tortentipps eiserne einmachhilfen
besitzstandswahrung ist sicherheitsverwahrung
ist abstandswahrung
letzte ausfahrt obergrenze
wehret den abständen
ausgang eingang kreisverkehr:
guat goahn wünscht der heimatpfleger
plattdeutsches adieu

Markus Jöhring

Maries Komplizen

1. Der Spiegel

»Sehen Sie hier«, flüsterte Marie in den großen, Licht durchfluteten Raum hinein, während sie in eine der Kisten griff und ein weiteres Foto herausholte, um es neben den anderen auf den farbverschmierten Tisch zu legen. »2001, nein 2003 Rom, da hatte er gerade seinen Bachelor.«

Eine ganze Weile starrte sie auf Marc79 in Rom, bis ihr Blick zu Marc79 in London, Marc79 in Madrid und schließlich Marc79 in New York wanderte.

»Da ist er ja weit herum gekommen«, unterbrach Pablo ihre Zeitreise.

»Auf Reisen lernt man sich selbst am besten kennen«, erwiderte sie verzögert, während sie weiter in die Fotos eindrang, sich in sie hinein fantasierte: neben ihr auf der Straße Marc79 und vor ihnen die Wolkenkratzer - glänzende Riesen, die der Erde scheinbar zu entrücken suchten.

»Also gut«, warf Pablo ein, auch um ihr ein weiteres Abtauchen zu erschweren. Öl auf Leinwand. 80 x 120 cm?«

»Ja, so wie dieses da«, dabei zeigte Marie auf ein Bild, das sich auf einer der Staffeleien befand. »In dieser Größe wäre es perfekt.«

Als sie das Haus über die alte Holztreppe verließ, beobachtete sie ihre grauen Schuhe, wie sie abwechselnd nach vorne fielen und, zusammen mit den dumpfen Trittgeräuschen, einen Rhythmus bildeten. »Grau? Nein, er ist nicht Grau«, überlegte sie, Grau würde sie seinem Portrait nicht hinzufügen.

Nach einigen unsicheren Schritten auf dem Kopfsteinpflaster holte sie einen Spiegel aus ihrer Handtasche und drehte ihr Gesicht vor ihm hin und her, bis sie sich weitestgehend erfasst und beruhigt hatte. Sie war sich sicher, einen weiteren Komplizen gefunden zu haben.

2. Die Wut

Pablos erste Skizzen hielten Marc79 noch verborgen. Vielmehr zeigten sie Fragmente bereits verinnerlichter Modelle, der vergangenen Jahre. Unsortiert lagen diese Studien in seinem Kopf. Eine nach der anderen holte er sie hervor, kombinierte sie wahllos in Skizzenbüchern, durchstrich sie hastig, wenn er sein Unvermögen erkannte, oder warf sie herausgerissen und zusammengeknüllt auf den Boden seines Ateliers.

Die Wut des Anfangs war ihm vertraut, obwohl er wusste, dass er diese Phase irgendwann überwinden würde. Bis er den neuen Charakter verstanden und verinnerlicht haben würde, konnte er nicht gelassen bleiben - weil die Wut ihn antrieb, seine gesammelten Skizzen im Kopf zu ignorieren, zu verbrennen und aus dieser dunklen Asche etwas Neues entstehen zu lassen.

Der Wein am Abend beruhigte und der Geruch des giftigen Terpentins betäubte ihn. Unter seinen Handballen der Staub der schwarzen Zeichenkohle - wenn er so das Haus verließ, wurde er erkannt. Jeder saubere Auftritt in den Kneipen der Stadt hätte seine Freunde verunsichert, sie alarmiert, besser auf ihn aufzupassen. Sie hätten ihn daran erinnert, sein chaotisches Leben in der vertrauten Art weiterzuführen.

3. Erste Zweifel

Nachdem sie nach einigen Wochen immer noch keine Nachricht von Pablo bekommen hatte, war sie sich nicht mehr sicher, ihm die richtige Auswahl von Fotos überlassen zu haben. War diese Sammlung wirklich die professionell erarbeitete Essenz ihrer langen Recherche? Hatte sie in seinen Profilen, die lebendigsten, die authentischsten Bilder bestimmen und abspeichern können? Als Prints hatte sie sie noch einmal sorgfältig überprüft.

»Marc79, wir holen dich da raus, wir machen dich wieder auf«, sprach sie sich Mut zu. In diesem Moment erreichte sie eine neue Nachricht. Daylia fragte nach einem Termin.

»… gerne online. Präsenz ist so out of irgendwas. Check den Anhang: Fotocollection, best of, of course …«

»Stopp«, lautete Maries Antwort. »Stopp, wir sehen uns ohne Filter in genau 24 Stunden im Café Unique, du bringst nichts mit, kein Smartphone, kein Tablett, keine Watch, nichts, nur du, allein, ungeschminkt, digital naked, verstanden?

4. Die Maske

Daylia - täglich durchschnittlich 9 Stunden online, 112.000 Follower - wartete etwas versteckt im hinteren Bereich des Cafés.

»Sie tragen Maske?«, kommentierte Marie Daylias Erscheinung. Im selben Moment wurde Marie bewusst, sie nicht begrüßt zu haben. »Entschuldigen Sie. Ich bin Marie, warten sie schon lange? Sie müssen keine Maske tragen. Ich meine …«

»Es ist nur …,« unterbrach Daylia und zog langsam ihre Maske ab. Dabei schaute sie unsicher zu allen Seiten.

»Zum Teufel«, platzte es unkontrolliert aus Marie heraus. »Ihr Gesicht ist doppelt so breit wie in Ihren Reels, diese verdammte KI. 35? Sie sind mindestens 50, stimmt´s?«

Als Katrin Daylia den Smoothie des Tages servierte, hielt Daylia ihre Hand vor ihren Mund, so als müsste sie gleich husten, senkte dabei den Kopf, um weiter abzutauchen.

»Sie haben in den letzten Jahren in einer Illusion gelebt. Und ich kann Ihnen versprechen, ich hole Sie da raus. Ich mache Sie wieder nackt, wie nach Ihrer Geburt - unschuldig, analog.«

Daylia richtete sich auf, atmete stoßartig in ihr giftgrünes Getränk, bis dickflüssige Flüssigkeit über ihre Finger lief. In diesem Moment bekam Marie eine

Nachricht von Pablo: »Ich muss ihn sehen, eine 3D-Ansicht, ich muss ihn riechen, ihn schmecken ...«

»Sie haben ein Smartphone dabei?«, rief empört Daylia und zeigte unkontrolliert ihr wütendes Gesicht.

»So liebe ich Sie«, entgegnete ihr Marie und antwortete hastig Pablo: »Sie wollen Marc79 riechen?«

»Um ein authentisches Bild zu malen, muss ich Marc sehen, also wirklich sehen und erleben.«

»Gut, ich melde mich später, ich habe hier gerade einen echten Gefühlsausbruch, ohne Filter.«

Daylia nutzte diesen Moment der Ablenkung und griff nach ihrem Tablet, das sie unter ihrem Pulli in das Café geschmuggelt hatte, checkte alle Kommentare auf allen Kanälen und übersah dabei, dass ihre Kamera eingeschaltet war.

»Hey Daylia. Ist das deine Mutter, die jetzt deinen Job übernommen hat?«

Daylias Talent bestand unter anderem darin, jederzeit eine passende Antwort geben zu können, auch wenn sie eine Lüge war: »Checke gerade eine Software, die dich in Echtzeit 20 Jahre älter aussehen lässt.«

Wenige Augenblicke später schaltete sich Mona Lisa 2.0 ein, eine Software, die sie in Echtzeit 20 Jahre jünger aussehen ließ, ihre Lippenbewegungen permanent analysierte und ihr synchron Zielgruppen gerechte Botschaften in den Mund legte.

»Krass, Daylia. Da hast du uns aber gerade geschockt. Cool, dich wieder im Original-Modus zu haben.«

Daylia schaltete noch etwas Glitzerregen hinzu und verließ die Chats. Als sie sich umschaute, war Marie verschwunden.

5. Alte Freunde

In ihrem Kopf hämmerte es, als sie sich auf den Weg zu ihrem Büro machte: »Er will ihn als 3D-Ansicht?« Das hatte bisher kein Künstler verlangt. Es hat ja auch immer gut funktioniert. Die Arbeiten der Künstler, die den Seelen der Kunden auf der Spur waren, hatten eine faszinierende, fast magische Wirkung. Sie erinnerten die Kunden an etwas, das über viele Jahre verloren gegangen oder zumindest nicht mehr sichtbar war.

»Hey, Marie. Schöne Marie, du siehst heute so bedrückt aus. Da gibt es wohl keinen Cent für mich, was?«

»Natürlich bekommst du deinen Dollar, Doktorchen.«, antwortet Marie dem zerzausten Obdachlosen, der mit seinem konsequenten Geruch jede Annäherung zu einer Mutprobe werden ließ.

»Siehst du? Da haben wir ihn, deinen Dollar. Du weißt doch. Du bist meine Inspiration.«

Etwas verlegen betrachtet der Alte seinen Lohn.

»Lass sie in ihre Kopfschubladen. Lass sie dort. Sie machen dich noch ganz krank, Marie. Du wirst sie nicht retten. Du wirst mich nicht retten. Lass alle, wo sie sind. Bitte. Ja? Dein trauriges Gesicht passt nicht zu dir. Das bist du nicht.«

In diesem Moment entdeckte Marie sein Smartphone, wie er es zu verstecken versuchte.

»Hast du das gerade aufgenommen? Sag, dass das nicht wahr ist.«

»Oh ja, … es tut mir leid. Marie, aber … aber … der Kanal heißt Dr. Klein. Meine ganze Geschichte, das Studium, die Praxis … der Absturz. Alles eben. Es ist authentisch. Wirklich. Glaub mir …«

Dann griff er - wie bei jedem Treffen - in seine Tasche und ließ Aluminium-Schnipsel, die er sorgfältig aus weggeworfenen Verpackungen herausgeschnitten hatte, langsam aus seiner Hand über Maries graue Schuhe rieseln.

»Du alter Magier«, verabschiedete sich Marie und verpasste 27 neue WhatsApp-Nachrichten, 16 Kommentare und 21 Emojis.

Uwe Kerrinnes

Der kleine Kopfschubladen

»Kopfschubladen« stand über dem Eingang des neuen Geschäfts auf der schmalen und nahezu menschenleeren Breite Straße, das auf mich wirkte wie ein Friseursalon. Ich blickte durch die Schaufensterscheibe und sah junge Frauen und Männer, die über Stühle gebeugt standen. Darauf saßen Menschen, die sich allem Anschein nach die Haare schneiden ließen.

»Ich müsste eigentlich auch mal wieder etwas mit meinem Kopf machen«, dachte ich und ging kurzentschlossen hinein. Es regnete eh in Strömen und ich hatte Zeit. Drinnen im Laden klapperten Scheren, und Bartschneider surrten. Aber es gab auch ein kreischendes Geräusch, das mich an einen Zahnarztbohrer erinnerte. Und da war ein intensiver Geruch nach sterilem Operationssaal. Was war das hier für ein Barbier?

Ein junger, etwas blasser Mann mit Glatze und schwarzer Designerbrille kam lächelnd auf mich zu: »Einen schönen guten Tag. Haben Sie einen Termin?«
»Nein, brauche ich denn einen?«
»Mal sehen, Sie haben Glück. Es ist gerade ein Platz frei geworden.«

»Bei mir geht es schnell. Maschine reicht für meinen kurzen Haarschnitt.«

»Wir schneiden hier doch keine Haare, höchstens, um Platz zu schaffen für den kleinen Schnitt. Sie bekommen von uns eine winzig kleine Kopfschublade, um Chips einzulegen. So erhält ihr Kopf, also Ihr Gehirn, einen Schub durch Künstliche Intelligenz. Klasse, oder? Sie können Hunderte von Büchern in Ihrem Kopf speichern und kennen ihren Inhalt, ohne auch nur eins von ihnen gelesen zu haben.«

»Na, ich weiß nicht, ich glaube, ich gehe wieder.«
Ich musste niesen.
»Gesundheit«, sagte der junge Mann mit der glatt polierten, zartrosa Fleischplatte, »das ist aber auch ein richtiges Erkältungswetter jetzt, so nass und kalt. Hier, bitte, ein Taschentuch.«
»Vielen Dank.« Ich schnäuzte mir die Nase mit einem Tuch, das streng nach Chloroform roch.

»Jetzt beruhigen Sie sich etwas«, sagte der Friseur, der offensichtlich keiner war.
»Wo Sie schon mit Ihren nassen Schuhen unseren empfindlichen Parkettboden restlos schmutzig gemacht haben, wie all die anderen, die hier sitzen, können Sie sich doch für dieses kurze Experiment zur Verfügung stellen.«

Meine Augen fielen unweigerlich zu. Verschwommen sah ich im letzten Augenblick einen kleinen, spitzen, wurmähnlichen Draht, den mir der Mann entgegen hielt.
»Sieht ein bisschen aus wie ein Ratten-Lungenwurm, der sich sogar in menschlichen Gehirnen einnistet, stimmt's? Die Natur war ja schon immer ein perfektes Vorbild für die großartigsten Entwicklungen. Aber keine Angst. Das ist kein Wurm, nur ein

dünner Stab, wie ihn Barbiere manchmal zum Frisieren benutzen. Barbiere waren ja im Mittelalter auch medizinisch tätig. Sie zogen Zähne, nahmen Amputationen vor und legten Blutegel auf. Faszinierend.«

Bevor ich die Besinnung verlor, sah ich schemenhaft, wie jemand aus einem Sessel von zwei anderen Männern hochgehoben und aus dem Raum getragen wurde.

»Da ist wohl etwas schief gelaufen«, sagte der junge Mann mit einem leicht spöttischen Unterton.

»Das kommt schon mal vor. Manche Gehirne wehren sich stärker gegen das Einsetzen der Chips als andere.«

Als ich erwachte, hörte ich meine Lieblingsmusik. Klassik, allerdings eingespielt von Synthesizern. Sie klang sehr nah, als sei sie direkt in meinem Kopf.

»Na, wieder wach? Gefällt Ihnen, was Sie hören? Habe ich die richtige Schublade geöffnet?«

Da stand dieser junge Barbier vor mir. Er hielt etwas in der Hand, das aussah wie eine Fernsteuerung.

»Der kleine Eingriff ist perfekt verlaufen. Wie fühlen Sie sich?«

Er drückte einen Knopf auf der Fernsteuerung, und ich antwortete auf Spanisch: »Sehr gut, danke. Das war ein sehr angenehmer und entspannender Schlaf.«

Der Witz ist, dass ich bis dahin weder Spanisch gesprochen noch verstanden hatte.

»Sehen Sie, ich habe Sie jetzt gerade vollkommen unter meiner Kontrolle. Jetzt spiele ich mal ein paar Sekunden Werbung, die Sie interessieren wird.«

Der junge Glatzige drückte wieder einen Knopf auf der Fernsteuerung.

»Viele meinen ja, Computer seien im Grunde nur Maschinen. Sie haben recht. Jedenfalls bis jetzt. Denn jetzt sind Sie der Computer. Erleben Sie das Leben mit künstlicher und natürlicher Intelligenz im harmonischen Einklang.«

Warum gefiel mir das hier alles nicht? Hatte ich wirklich einen Chip im Hirn? Konnte der Mann mich darüber jetzt für immer fernsteuern?

»Den letzten Gedanken habe ich gelesen«, sagte er.

»Hier, auf der Anzeige meiner Brillengläser. Aber keine Angst, die Fernsteuerung reicht nur für drei Meter. Darüber hinaus kann sie weder etwas senden noch empfangen. Da müssen Sie dann schon alleine mit Ihrer neu hinzugewonnenen Intelligenz klarkommen. Passen Sie aber gut auf, dass diese moderne Intelligenzform nicht mit Ihrem angeborenen Verstand in Konflikt gerät. Das ist anderen passiert, und sie sind völlig durchgedreht. Sie können sich gar nicht vorstellen, wo wir, beziehungsweise die Polizei, sie dann überall gefunden haben. Einer wollte vermutlich mit dem Auto links abbiegen, und die Software wollte nach rechts. Das muss in dem Kopf ordentlich gebrodelt haben. Das Auto ist letztlich geradeaus in den Kanal geplumpst. Wasserleichen sind kein schöner Anblick.«

Der fahle Kahle schüttelte sich.

»Leider war die Software auch hinüber. Nicht einmal die Daten ließen sich noch auslesen. Das machen wir sonst immer bei den Verstorbenen, um Erkenntnisse zu gewinnen für die Egon-Musik-Stiftung.«

»Egon wer?«

»Sie haben noch nie etwas von Egon Musik gehört? Das ist der Sinnstifter des ganzen Planeten, ein wahrer Visionär. Der neue Heilsbringer.«

»Sagt mir nix.«

»Na gut, sein letztes Projekt war wohl tatsächlich mehr oder weniger ein Satz mit X. Es ist aber auch nur eins von vielen. Egon erhellt sogar den Himmel in der Nacht. Wenn keine Sterne am Himmel stehen, stellt er dort einfach welche hin. Nie wieder völlige Dunkelheit.«

Die Begeisterung des jungen Glatzenmanns kannte keine Grenzen.

»Egon ist überall. Er hat so viele Ideen, so viele Projekte. Ein paar Leute behaupten sogar, Egon habe sich selbst schon geklont, um alles zu verwirklichen. Anders ginge das gar nicht.«

»Du bist auch ein komischer Klon«, dachte ich.

»Hey, zuhören, und nicht frech werden«, erklang da eine Stimme in meinem Kopf.

Ein heftiger Schmerz durchzuckte meinen Körper. Eine Art Stromstoß.

»Ah, ich merke, Ihr Körper hat die Software angenommen, wie schön. Jetzt ist er die Hardware. Das wird Sie noch besser vor dummen, selbst gewollten Handlungen schützen. Soviel haben wir von den früheren Versuchspersonen schon gelernt, und wir konnten die Chips entsprechend verbessern. Sie sollten allerdings nun monatlich oder besser wöchentlich vorbeikommen, damit wir sehen können, ob Aktualisierungen für die Software vorliegen, die wir dann in Ihre Festplatte integrieren. Ach ja, und Regen sollten Sie künftig meiden. Auf jeden Fall den Schirm nicht vergessen. Die Schublade ist nicht ganz wasserdicht.«

Beim Hinausgehen öffnete sich die Tür des Ladens automatisch.

»Das sind die Vorteile der Digitalisierung«, dachte ich. »Alles wird bequem. Alles wird gut.« Ich blickte in den Nachthimmel und sah dort viele Sterne, die aufgereiht waren wie an einer Perlenschnur. Der Regen hatte aufgehört.

***

Seit diesem merkwürdigen Ereignis sind nun ein paar

Tage vergangen. Ich weiß nicht, ob ich den Kopfschubladen nicht einfach nur geträumt habe. Die Breite Straße meide ich seitdem. Ich sitze einfach nur noch auf der Couch, filme mich dabei, wie ich höllisch scharfe Nachos verspeise und bestelle Dinge im Internet, von denen ich vorher nicht einmal wusste, dass ich sie haben wollte. Auch Nahrung lasse ich mir liefern. Ich habe keine Lust mehr, mich wie früher in ein nettes Lokal zu setzen. Da müsste ich ja hinlaufen. Vielleicht mache ich aber doch bald mal wieder ein paar Schritte und schaue nach dem Laden mit dem netten jungen Herrn.

Ich spüre so einen inneren Zwang. Eine winzige Narbe auf meinem Haupt juckt. Mag ja sein, dass da wirklich ein Chip in meinem Kopf steckt, und er braucht ab und zu mal einen frischen Schub in dem Laden.

Julia Alina Kessel

Farben in den Nächten

Sie. Ihr Gesicht ist vom Krieg zerfetzt wie ihre Seele. Granatsplitter haben Spuren hinterlassen, die sie nie mehr vergisst. Sie hat überlebt, ohne zu leben.

Er. Seine Augen von Geburt an unbrauchbar, die anderen Sinne hochentwickelt. Er wünscht sich nichts sehnlicher, als den Geruch von Gras zu sehen.

Seit fast drei Jahren ist sie in der Stadt, in einer der Notunterkünfte. Ein Bett gehört ihr. Manchmal, wenn sie nach Hause kommt, als wäre das ihr Zuhause, liegt eine andere darin. Dann muss sie sie wecken, ihren Platz verteidigen.

Die Musik ist sein Heiligtum, der einzige Ort, der sein Ich verdrängt. Die Farben von Tönen sind seine engsten Vertrauten, das hellblaue C2, das violette kleine g, das zitronengelbe eingestrichene Fis. Beim Spielen wirbelt ein Regenbogen um ihn. Hört er auf, ist er allein. Vielleicht gelingt ihm die Verdrängung dieses Zustands schlechter als allen anderen mit gesunden Augen.

Ihre Genehmigung läuft bald ab. In Deutschland will sie bleiben, in ihrer Heimat wartet nur der Tod. Sie liebt es, durch die Stadt zu laufen, und hasst die

Blicke, sieht darin die Schubladen, in die sie sortiert wird. Andere sagen ihr, sie solle sich einen Deutschen suchen. Das Vorurteil will sie nicht bedienen. Schön ist sie gewesen, Männer haben sich nach ihr umgedreht. Feministin ist sie keine, das hat sie verlernt im Krieg.

In den Stimmen der Menschen erahnt er ihre Farben. Seine Beziehungen sind immer gescheitert. Ohne Sehsinn fällt es ihm schwer, Lügen zu überhören. Seine Mutter sagt: Finden sich zwei Einsame, vergrößert sich die Einsamkeit. Er weiß nicht, ob es überhaupt Menschen gibt, die nicht einsam sind. Jeder sucht blind.

Sie lernen sich im Kino kennen. Er geht dorthin, weil es der einzige öffentliche Ort ist, an dem er die Blicke nicht auf sich spürt, und wenige Sekunden vor dem Film auch die anderen in Dunkelheit gehüllt sind. Sie geht dorthin aus demselben Grund, und weil sie hier lernen kann, was der Deutschunterricht sie nicht lehrt. Beide gehen dorthin, um zu träumen: von einem bunteren Leben, von Farben in ihren Nächten.

Wie früher, als das Kino noch stand, hat sie sich Popcorn gekauft. Sie drückt sich an ihm vorbei, stolpert über seinen Stock. Ein Popcorn fällt ihm in den Schritt. Ob es salzig oder süß ist, fragt er, bereut es sogleich. Statt zu antworten, lässt sie sich auf dem Sessel neben ihm nieder, hält ihm die Tüte hin. Als der Film beginnt, ist sie nervös. Sie lachen an denselben Stellen, und als sie weinend zu ihm hinüberschielt, hat auch er feuchte Augen. Während des Abspanns bleiben sie mit brettergleichen Körpern sitzen. Das Licht leuchtet wieder, als er ihr sagt, wie gerne er Wein trinkt. Sie nickt, korrigiert sich, antwortet: »Ja.« Er zeigt ihr sein Lieblingslokal und bestellt Weißwein, sie roten. Das Gespräch startet stockend, ihr Deutsch verschlechtert sich, wenn sie aufgeregt ist. Er mag keinen Smalltalk. Nur wenn er von seiner Musik erzählt, vibriert die Luft um ihn herum. Schüchtern fragt er sie nach ihrer Nummer und gibt ihr auch seine.

Von da an treffen sie sich regelmäßig und essen Sommerrollen im Park. Sie mag den Klang seines Lachens, er das Azurblau ihrer Stimme. Weil er der Erste ist, der nicht nach dem Krieg fragt, ist er der Erste, dem sie alles erzählt. An seinem Schweigen erkennt sie, dass es schlimm ist.

Im Winter besuchen sie den Weihnachtsmarkt. Der Punsch lässt ihre Wangen glühen. Vor dem Stand mit den Apfelmännchen berührt er sie zum ersten Mal. Ganz kurz am Unterarm, aber für einen Moment glaubt sie, dass er sie sehen kann. Er bemerkt ihre Verunsicherung, fürchtet, ihre Grenze überschritten zu haben. Trotzdem nimmt er seinen Mut zusammen, lädt sie für den Abend zu sich ein.

Als sie ihn besucht, trägt sie ein Kleid, das sie sich von ihrer Mitbewohnerin geliehen hat. Es betont ihre Beine. Ohne Vorwarnung küsst er sie. Er schmeckt nach Ananas und Ehrlichkeit, sie nach einem Versprechen von Glück. Er liest ihr vor. Seine Finger wandern über die Punkte. Poesie, die ausdrücken kann, woran er scheitert. Zögernd bittet sie ihn, sich an sein Klavier zu setzen. Seine Finger tanzen über die Tasten. Sie erahnt seine Zärtlichkeit. Ihr Körper meldet sich, sehnt sich danach, von seinen schmalen Händen bespielt zu werden.
Während er spielt, vergisst sie sich selbst und den Bombenalarm. Als er sich in seinen Noten auflöst, versteht sie, dass auch er ein Fremder ist, wohin immer er geht. Sie geht zu ihm, stellt sich hinter den Klavierhocker, fährt ihm durchs Haar. Mit erstaunlicher Sicherheit trägt er sie in sein Schlafzimmer.

Seine Finger wandern über ihre Punkte. Er liest sie wie eines seiner Bücher. Sie kann sich fallen lassen bei ihm, nur ihr Gesicht darf er nicht berühren. Er riecht fremd und vertraut zugleich, wie ein Mensch, den man noch nicht kennt, aber mag. Sie riecht wie seine Kindheit im Garten.

Zwei Wochen später erreicht sie die Nachricht. Ihr droht die Abschiebung. Sie ringt mit Verzweiflung, er mit sich und der Ungerechtigkeit. In der Küche macht er ihr mit einem Zwiebelring einen Heiratsantrag. Sie lehnt ab. Drei Stunden später willigt sie doch ein. Sie möchte ihm sagen, dass sie es ernst meint, aber ihr fehlen die Worte.

Er stellt sie seinen Freunden vor. »Ist sie nicht schön?«, fragt er voller Begeisterung. Sie antworten nicht. Sein Vater warnt ihn vor Frauen wie ihr, die nur aus Eigennutz, Sicherheitsgründen die Heirat anstreben. Er denkt über die Ehe seiner Eltern nach, erkennt die Projektion in diesen Aussagen. Aus allen Richtungen prasseln Ratschläge auf ihn ein. Er versteht all die Aufregung nicht. Andere Ehen sind viel arrangierter als ihre.

Die Zeremonie wird in kleinem Kreis abgehalten. Sie küssen sich, bevor der Standesbeamte sie dazu auffordert. Nach der Trauung weint sie, weil ihre Eltern nicht dabei sind. Er hält sie im Arm, bis sie sich beruhigt hat.

Sie zieht bei ihm ein, verteilt ihren wenigen Besitz auf seinen. Er mag es, Dinge von ihr zu entdecken. Sie streiten sich öfter und lauter. Ihr missfallen seine Ansichten, er versteht ihre nicht. Dann flucht sie in ihrer Sprache. Er verschwindet wütend ins Arbeitszimmer, kommt wieder heraus und bittet um eine Übersetzung. Im Anschluss lieben sie sich auf dem Wohnzimmerboden. Ab und an streiten sie, um ihre

Leidenschaft wach zu rütteln. Trotz allem vergessen sie nicht, dass sie zuerst Freunde waren.

Manchmal, wenn sie Arm in Arm durch die Stadt laufen, spürt er an ihrem sich verkrampfenden Körper die Feindseligkeit der anderen. Einer spricht von Rassentrennung und Vaterlandsverrat. Sie muss ihn festhalten, damit er nicht mit seinem Stock auf den Idioten losgeht. Wird sie in der Nacht von Schatten gejagt, hasst er sich für seine Ohnmacht. Sie quält es, wie er sich durch den Raum tastet, wenn ihm etwas heruntergefallen ist. Hilfe verbittet er sich. Oft schiebt sie den Gegenstand in Zeitlupe mit ihrem Fuß zu ihm.

Seine Familie und Freunde mögen sie jetzt, da sie sie kennen. Sie erwidert dieses Mögen, weil es die einzige Familie ist, die sie hat, und weil sie ihn lieben.

Obwohl er nie darum bittet, weiß sie, dass er sich wünscht, ihr Gesicht zu berühren. Fühlen kann sie es, wenn er sie küsst, in sie eindringt, oder sie ansieht. Und dann, eines Tages, als sie beim Kaffee zusammensitzen, lässt sie ihn gewähren. Mit langsamer Zärtlichkeit tasten seine Finger ihre Konturen nach. Endlich darf er die Narben berühren, tut es ehrfürchtig, neugierig, obwohl er die Antwort auf seine Frage schon kennt: Ja, sie ist schön.

Inga Stewen

Der Bus kommt nicht

Es ist weiß um mich herum. Der Nebel verschluckt Häuser, Bäume und Gräser. Wo ist denn nur die Bushaltestelle? Ach, dort. Niemand da, niemand kommt. Ich setze mich auf die Bank und warte. Er muss jeden Moment eintreffen. Hoffentlich ist er auch pünktlich, die Kinder sind bald zuhause. Nach der Schule wollen sie mittagessen. Ein gutes Essen nährt nicht nur den Geist, sondern auch Seele und Körper. Deshalb schreibt Hilda auch immer nur Einsen, ein kluges Kind. Und Olaf, ach Olaf. Wenn er nicht so faul wäre. Stark ist er, doch hätte er die Muskeln nur im Kopf! Beinahe so wie sein Vater. Mein Karl. Ein großer Mann, gebaut wie eine Eiche. Kann schleppen, wie zwei Kaltblüter. Auch er braucht eine reichhaltige Nahrung, damit er so kräftig bleibt. Auf dem Pütt geht es rau zu.

Deswegen muss ich ihn unterstützen, so gut ich kann. Er verdient das Geld, ich verdiene eine dankbare Familie. So ist das. Alles sauber, alles blitzt, alles blank. Das ganze Haus. Kein großes, ich habe immer von einem kleinen geträumt. Ein wahr gewordener Traum. Drei Tannen im Garten, umringt von Rittersporn, Rosen und Rhododendron und gleich daneben ein Teich. Das Quaken der Frösche stört mich nachts nicht, es beruhigt. Am Tage werden sie von den

Vögeln abgelöst. Jeden Tag streue ich ein paar Körner aus und sehe ihnen zu, wie sie vor Freude wild mit ihren Flügelchen schlagen. So bleiben sie fern von unseren Äpfeln. Nur gegen die Schnecken habe ich noch keine Lösung gefunden. Sie fressen unseren Kohl, diese schleimigen Biester. Aber wenn ich sie töten muss, tun sie mir auch leid.

Der Bus ist immer noch nicht in Sicht. Gespannt warte ich darauf, dass das Licht der Scheinwerfer durch den Nebel bricht, wie die Augen eines neugeborenen Kindes. Bald ist es so weit. Wie freue ich mich auf die Zeit, wenn der große Tag kommt. Nachts weiß ich schon gar nicht mehr, wie ich liegen soll, und wenn ich lange stehen oder gehen muss, so laufen mir die Beine blau an. Aber die kleinen Tritte zu spüren ist ein schönes Gefühl. So voller Vorfreude. Wenn ich meine Nadeln und Garn nur mitgenommen hätte, so hätte ich weiter an den kleinen Söckchen stricken können. In der Schwangerschaft wird man vergesslich. Die Hormone, sagt der Arzt. Da kann man nichts machen, aber gegen den niedrigen Blutdruck morgens ein Glas Sekt. Mal sehen, was er heute sagt.

Auf die weißen Kittel muss man hören, die haben Ahnung. Mein Brautkleid ist ebenso weiß, nur nicht so steif wie ein Kittel. Ein schönes Kleid. Lang und elegant mit viel Spitze. Die Haare werden hochgesteckt und ein langer, feiner Schleier wird mit der Schleppe verschmelzen. Meine Mutter hat es ausgesucht. Sie sagt, ich werde aussehen wie eine Prinzessin. Auch die Blumen dürfen nicht fehlen. Im Brautstrauß müssen Lilien sein, meine Lieblingsblumen. Nur die Staubbeutel müssen ab, die machen Flecken und die bekommt man nicht mehr raus. Karl wird Tränen vor Glück weinen, wenn ich den hallenden Gang der Kirche entlang schreite. Auch ich werde weinen. Ein Bund, ein Versprechen. Danach eine Feier in der Gaststätte ›Zum roten Schwan‹. Es wird sicherlich eine wunderbare Feier.

Ich höre etwas. Kommt der Bus nun? Bei dem Nebel kann ich nichts erkennen Keine Motorgeräusche, stattdessen Schritte. Langer Mantel, karierte Schiebermütze, dazwischen eine Zigarette. Der graue Rauch vermischt sich mit dem dichten Weiß. Ein Kopfnicken zum Gruße. Stumm sitzen wir da, immer wieder schweifen beide Blicke nach links.

»Kommt nicht,« sagt der Mann mit brummender Stimme.

»Warten Sie schon lange?« Ich schüttele den Kopf.

»Zigarette?«

Ich überlege kurz. Vor der Hochzeit wollte ich eigentlich aufhören zu rauchen. Aber es ist ja nur eine, Karl wird es mir nachsehen.

»Gerne.«

Er hält mir das Feuer hin. Eine kleine, zarte Flamme beginnt am Tabak hinauf zu klettern. Ein Zug und die Gedanken werden klar. Ich huste. Der Mann sieht mich an.

»Bald ist es Zeit. Sie werden gewiss nicht mehr lange warten müssen.«

»Ja, ja. Ich denke auch.«

Der Mann steht auf, tritt seine Zigarette aus und geht. Wieder allein. Kein Mann, kein Bus, kein Fahrplan. Den Fahrplan haben sie bestimmt abgerissen, die Jugendlichen, meine ich. Immer müssen sie rebellieren und sich auflehnen. Faul und frech. Sei's drum. Karl und ich sind auch so. Nachts stehlen wir uns heimlich davon, in die Kneipen. Mutter wird schimpfen, aber das ist mir egal. Die Liebe beflügelt. Das Bier und die Zigaretten auch. Oft kommen Freunde von Karl dazu, und dann wird der Abend richtig lustig. Auf den Tischen tanzen, lachen, singen.

Der Wirt kennt uns gut. Sind seine stärkste Einnahmequelle. Das ist aber nicht der Rede wert. Der richtige Spaß beginnt, wenn ich mit meinen Freundinnen unterwegs bin. Über die Felder und zu den Birnenbäumen des Bauern Ottfried. Wir pflücken sie zahlreich, und er wird uns wieder wütend hinterher rennen. Aber wir sind schneller. Die Wäsche der Nachbarin spritzen wir auch immer wieder nass, damit sie länger braucht, um zu trocknen. Das hat das blöde Weib davon, dass sie meinem Vater immer schöne Augen macht. Hinterhältiges Biest. Geschieden ist sie. Lacht jeden an, der sich in ihre Nähe wagt. Der Postbote, der Milchmann. Trägt ihre Brüste vor sich her, wie die Mädchen im Bordell. Einfach liederlich. Hoffentlich überfährt sie der Bus. Der Bus? Immer noch nicht. Dabei muss ich doch nach Hause, das Mittagessen und wer weiß, wann die Sirenen wieder losgehen. Wenn ich nicht daheim bin, macht sich Mutter immer Sorgen. Mir ist es auch lieber, wenn ich in ihren schützenden Armen warten kann, bis der Spuk vorbei ist. Ohne sie im Bunker stelle ich es mir unheimlich vor.

Letztens war ich mit Vater in einem. Die Sirenen schrien, er hat mich unter den Armen gepackt und ist schnell mit mir in dem massiven Klotz verschwunden. Das Herz schlug mir bis zum Hals. Was macht das Herz nun? Mein Kopf wird leicht, die Erinnerungen, die Vorurteile, alles schwindet. Interessant, welche Kopfschubladen sich öffnen und wieder schließen, nur um eine andere zu entriegeln. Wieder vernehme ich Schritte. Eine warme Hand schließt sich um meine.

»Gute Frau, kommen Sie. Ihre Füße sind schon ganz kalt.«

«Ich kann nicht, ich muss doch meinen Kindern Essen kochen. Und Karl wird bald nachhause kommen. Ich muss den Bus nehmen.»

»Die Kinder kommen später und ihr Mann ist schon daheim. Ich werde Sie geleiten.«

Ich gebe mich der Wärme hin, sie führt mich aus dem Nebel. Es ist gut.

Über die Autorinnen und Autoren

Anna Arning,

 geboren 1963 in Duisburg, aufgewachsen im Ruhrgebiet, Medizinstudium in Aachen. Arbeitete über 20 Jahre in Düsseldorf und lebt seit einiger Zeit auch hier. Ihre Gedichte und Kurzgeschichten wurden in Zeitschriften und Anthologien veröffentlicht sowie in genreübergreifende Kunst-Projekte eingebunden. Nach längerer Schreibpause in der Rush-Hour des Lebens mit intensiver Berufs- und Familienarbeit, kann sie sich heute wieder (fast) ausschließlich ihrer Wortlust widmen und arbeitet derzeit an ihrem ersten Roman.

Markus Jöhring

Die Arbeiten des Künstlers Markus Jöhring sind an den Schnittstellen zwischen Malerei, Design, Fotografie, Street Art und Literatur zu verorten. Er studierte an der FH Dortmund und war dort u. a. Schüler von Prof. Pitt Moog. Text und Bild sind in seinem Werk untrennbar miteinander verbunden.

Insbesondere wird dies bei dem Format Porzellan–Alarm deutlich. Kurze Textbotschaften in Kombination mit prägnanten Zeichnungen auf gebrauchtem Porzellan zeichnen ein Bild unserer Gesellschaft und dem Phänomen »Mensch«. In Recklinghausen lädt er seit vielen Jahren immer wieder Künstlerinnen und Künstler zu gemeinsamen Ausstellungen und Kunstaktionen ein.

Alfons Huckebrink,

geboren 1953 in Emsdetten. Lebt in Laer. Prosa, Lyrik, Literaturkritik. Mitveranstalter der »Münsteraner Literaturmeisterschaften«. Mitglied des Verbands deutscher SchriftstellerInnen (VS) und der Internationalen Peter Weiss Gesellschaft (IPWG). Zuletzt: »Wortentbrannt« - 100 Kürzestgeschichten (2021), »Müde Krieger«, Schauspiel in 5 Akten (2022). Mitherausgeber der Anthologie »Vom Frieden«, Texte Westfälischer Autorinnen (2023) des VS, Bezirksgruppe Münsterland.

Julia Alina Kessel

wurde 1990 in München geboren, wuchs in Schleswig-Holstein und Nürnberg auf. Sie studierte Theater- und Filmwissenschaft, Deutsche Literatur sowie Philosophie in Berlin. Sie veröffentlichte in Anthologien und Literaturzeitschriften und lebt und arbeitet als Autorin in Köln

Uwe Kerrinnes

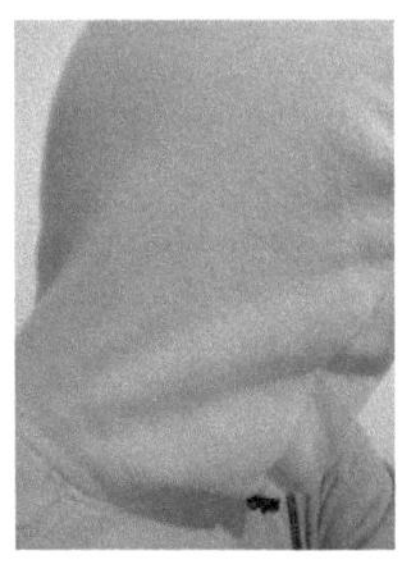

Ein Sprichwort sagt, wer schreibt, der bleibt. Wo, haben vermutlich die wenigsten bis heute wirklich herausgefunden. Trotzdem macht es Uwe Kerrinnes immer noch viel Freude, ab und zu einen kleinen Text aufs digitale Papier zu bringen.

Inga Stewen

Die gelernte Floristin wohnt mit ihrer Familie am Rande von Recklinghausen und holt zur Zeit ihr Abitur auf dem zweiten Bildungsweg nach. Die Dreißigjährige hat sich bereits in ihrer Kindheit gerne Geschichten ausgedacht und fing mit zunehmenden Alter an, diese niederzuschreiben.

Seit einiger Zeit probiert sie sich an Kurzgeschichten und kam bereits bei der Recklinghäuser Autorennacht 2022 in die Endrunde. Im Rahmen eines anderen Wettbewerbs veröffentlichte sie ihr erstes Buch, mit dem Namen »Aus den Augen«.

Bildnachweis:
Anna Arning © privat
Markus Jöhring © Pauls Wiesmann.
Alfons Huckebrink © Sarah Koska
Julia Alina Kessel © privat
Inge Stewen © privat

Literaturfreunde, -kenner, -liebhaber oder ganz einfach Interessierte sind immer herzlich willkommen.

Wenn Sie mehr über die Arbeit der NLGR erfahren möchten, können Sie sich im Web unter

www.nlgr.de oder **www.literaturnacht-nrw.de** oder **www.facebook.com/NLG.RE/**

informieren, und die Vorstandsmitglieder beantworten ebenfalls gerne Ihre Fragen:

Stephan Schröder – Vorsitzender – ➀ 02361–13152 schroeder@nlgr.de	**Dr. Claudia Kociucki** – Stellv. Vorsitzende – ➀ 01590-199 68 25 kociucki@nlgr.de
Monika Wischnowski ➀ 02361–370 45 60 wischnowski@nlgr.de	**Ralf Kropla** ➀ 0170–572 69 69 kropla@nlgr.de
Gerda Özer ➀ 0160–160 973 111 60 oezer@nlgr.de	**Monique Lütgens** ➀ 02361-18 33 11 luetgens@nlgr.de
Martina Bialas ➀ 0157-338 611 32 bialas@nlgr.de	
Die **NLGR** ist eine **Körperschaft zur gemein-nützigen Förderung von Kunst und Kultur**, daher kann die Gesellschaft für Spenden und Beiträge steuerlich wirksame Zuwendungs-bescheinigungen ausstellen.	